運慶

UNKEI

周舜

AMANE Shun

文芸社

目次

朧《おぼろ》月《づき》

コーン、コーンと軽やかなツチ音が広い工房《こうぼう》の隅々《すみずみ》まで響いていった。いつの間にか外は薄蒼《うすあお》く、淡い光を帯《お》びている。

清々《すがすが》しい朝の空気が開け放たれた工房の扉から、房内に浸透してくる。コーン、コーンとツチ音は早朝の張り詰めた空気を伝って澄《す》んだ音色《ねいろ》をつむいでいた。

「運慶どの」

「運慶どの」

僧房から渡り廊下を足音が伝わってくる。

「運慶どの。お客人ですぞ」

工房の入り口で足音が止《や》んで、若い僧侶《そうりょ》が気忙《きぜわ》しそうに立っている。

外気は徐々に暖かな風を孕《はら》み、工房は明るい光に包まれていった。

「運慶どの」

コーン、コーンとツチ音は相変わらず軽やかなリズムで続いている。

運慶は仏像に向かって黙々とノミを打ち続けている。軽やかな音色は変わらず工房の隅々まで伝播《でんぱ》してゆく。壁、柱まで伝わると反響し、ツチ音に厚みを加えていった。

朝陽は幾筋もの光の帯となって、工房の窓から射《さ》し込んでくる。

光の粒子はツチ音が反響するたびに、その帯の中で軽やかに舞った。

「運慶どの。お客人ですぞ」

再び僧侶の明るく張りのある声が入り口で響いた。

ツチ音が止む。

コトッとノミとツチを床に置く音が堅《かた》い床の上を伝っていく。

振り返ると朝の陽光を背に二つの影が立っていた。

僧侶の影が小柄な影に会釈《えしゃく》し、合掌《がっしょう》をすると、スタスタと足音だけを残して去っていく。

小柄な影は光を背に淡い眼差《まなざ》しで運慶を見ていた。

顔の表情は陽を背にして判然としない。にもかかわらず、運慶は淡い眼差しで見られていると感じた。

「運慶どの」

甘露《かんろ》のような声音が朝陽の粒子《りゅうし》を震わせた。

「運慶どのですね」

もう一度甘露の響きにあたりは包まれた。

運慶が目を向けた工房の入り口は、朝陽の射し込む光の窓と化している。

光を背に立つ小柄な影は、まるで観音菩薩《かんのんぼさつ》のように、そこに立っていた。

「失礼なこととは存じながら、突然訪ねて参りました」

運慶は淡い眼差しで見つめられ、笑みをたたえた口元で柔らかく語りかけられているのを感じていた。

「運慶どの。そなたに仏様を一体彫っていただきたいのです」

心地よい響きが工房の隅々まで伝わっていった。

——私でなくとも、多くの優れた先輩仏師がいるでしょうに……

そう心で呟《つぶや》いていた。

「いえ。運慶どの。そなたに、たってのお願いに参りました。

若くして逝《い》った我が子の供養《くよう》をしたいのです」

運慶は自分の心を聞かれたかと、ハッと息を呑んだ。

――大切な仏像を彫り上げることが今の自分にできるだろうか……

運慶は自問した。

運慶は暗い闇の中で迷っていた。あれほど輝いて見えていた仏の姿が、今の自分には全く見えてこないのだ。

かつては、木型を前に無心にノミを打ち込めば、自《おの》ずと仏はその姿を見せてくれていたのだ。

今はどんなに一生懸命になって木型を前に打ち込んでいっても、仏の姿を感じることができなくなっている。

――こんな自分に大切な仏像が彫れるのだろうか。

運慶は再び自問する。

――西国《さいごく》にいた頃の自分であれば、一も二もなく引き受けたであろうに……

――天才と持《も》て囃《はや》され、有頂天《うちょうてん》になっていた頃の自分であれば……

運慶は工房の入り口の小柄な影に向かってきちんと正座をし直した。

……せっかくのお申し出を頂き、誠に有難く思いますが……今の自分には……

そう口に出そうとしたとき、

「運慶どの。今のあなただからお願い申し上げるのです。運慶どのは自身の仏様を捜していらっしゃる」

――自分の仏を?……

運慶は反芻《はんすう》した。

「御父様や、そのお弟子《でし》様方々と違って、御自身の仏様を捜していらっしゃる。だからお願い申し上げているのです」

……自分の仏を……

運慶の心のうちでその言葉が静かに広がっていった。

「私の大切な子が若くして亡くなりました。運慶どの。そなたが納得なさる仏様を、その子のために彫り上げてほしいのです」

運慶はまたしても心のうちを見透かされたことに驚いていた。

――西国にいたときは日常的に見えていた仏の姿が、この東国に下ってからは全く見えなくなってしまったのです……

どんなに一生懸命に木彫りに打ち込んでも、仏は姿を見せてくれません。

こちらに来てから、ずっと追い求めています。

……自分の仏……いや、今はどんな仏でもいい……もう一度、目の前に姿を見せてほしい……

いつ出会えるのか、今の自分には全くわかりません。

このまま出会えないのかもしれません。

そんな今の自分に、自分の捜し求める仏を彫ってほしいとおっしゃる……

本当にそれでよろしいのですか……

運慶は答えにならない想いを心のうちで繰り返していた。

「それで結構です」

菩薩の甘露な声が運慶の心のうちにまで響いてきた。

それと同時に光の影が、晴れやかに、たおやかに微笑《ほほえ》んだと感じた。

……承知いたしました……

深々と頭《こうべ》を垂れた運慶が顔を上げた時、もはや菩薩の影はなく、いつもの工房の入り口がガランと開いているに過ぎなかった。

朝陽は高い位置から工房に射すように降り注いでいる。

運慶は菩薩とのやり取りを想い返していた。

夢であったのかもしれない。

仏像に集中するあまり、また徹夜の作業が続いたせいかもしれない。

きっと疲れから夢を見たのだろう。確かに不思議なことだ。

自分は仏師として大きな壁に当たっている。他人には話したこともない心の奥底の悩み。

——なぜ知っている……

きっと自分の苦悩と葛藤《かっとう》が、菩薩という影の形で表出されたに違いない。

そう解釈することで運慶は自分を納得させることにした。

……朝の空気でも……

そう自分に問いかけ、立ち上がる。

陽は高く昇り、工房の高壁の鎧戸《よろいど》から射し込む陽射しは、工房の冷たい床に点々と暖かい光の斑点《はんてん》を灯《とも》していく。

入り口まで歩を進めた運慶は、その光の斑点に止まる小さな「もの」を見て立ち止まった。

その「もの」は光の粒子に乗って、舞い降りた揚羽蝶《あげはちょう》のようにそこにある。

運慶は身を屈《かが》めてその「もの」を取り上げてみた。

それは小さな白い袋。

運慶が手にすると、ほのかな香りがあたりに拡散したのだった。夢のように現れた女人の芳《かぐわ》しい香りである。

――現《うつつ》であったとは……

運慶は呆然《ぼうぜん》と匂い袋を握って立っていた。

……運慶どの。そなたの求める仏様を彫っていただきたいのです……


青白い月明かりが工房を寒々と照らしている。

相変わらず、ツチ音は房内に響いている。

月明かりに照らされた庭や工房の隅々まで静寂が包んでいく。

ただ、ツチ音だけがコーン、コーンと響いている。

運慶は仏の像に向かっていた。

どのくらいこうして仏に向かっているのだろう。食事も水も摂《と》らず、ひたすら仏の像に向かってツチとノミを進めている。

ツチ音はしみじみと青白い月明かりの海底に沈殿していく。

ただ無心に彫り進めると、仏が対座する木の中にスーッと見えてくるのだ。

自然な形で木の中に宿る仏を透《すか》し出す作業に没頭する。

そうして運慶は多くの仏像を生み出してきた。多くの称賛を以《もっ》てその仏像は人々に迎えられていった。

勇んで西国を発《た》ち、この東国に来て以来、運慶は悩んでいた。

何日も何日も木に向かって彫り続けても、仏はその姿を見せなくなったのである。

何日も何日もひたすら工房に坐《ざ》し、一心不乱に仏を求めて木を彫り続けている。

西国にいた頃は、木の前に坐してノミを入れると、自然と木の中に宿る仏がうっすらと姿を見せたものだ。ただ、無心にその仏を掬《すく》い出していけばよかった。

最近は何日も無心にノミを木に彫り込んでも、仏はその姿を現さなくなっていた。

運慶は何日も何日も彫り続けている。

陽光が工房を照らし、床が温かく緩んでいく時刻から、陽射しが空高く上がり、工房の天窓から射し込む時刻まで、また陽が西に傾き工房の周りが真っ赤な夕陽に染まる時刻も、運慶はひたすら木に向かって彫り続けていた。

やがて夕闇が工房をとっぷりと暗くした闇の中でも、コーン、コーンというツチ音だけが真っ暗な工房に響いていく。

やがて、庭に白い霜《しも》のような光が降り、青白い月光が周囲を包み込んでもまだ木彫りの仏の前に坐している。

コーン、コーンと軽やかなツチ音は工房の庭にまで浸《し》み出していた。

まだ仏は現れない。運慶は一心不乱にツチを振るった。

ギャーッハッハ……

突然、けたたましく霜を切り裂く鳴き声が静寂を破る。

満月の白い光が突然黒い影でおおわれる。

黒い大きな影が何度も飛来する。

運慶は外界の変化にも気づかずにただ、木彫りを続けている。

黒い影は奇怪な嬌声《きょうせい》をあげながら、工房の周りを飛び回っている。黒い影が飛び交うたびに、青白い月明かりはストロボのように点滅を繰り返した。

ギャーッハッハ……

またしても薄気味悪い嬌声が光の霜の世界を切り裂いていく。

運慶はひたすら工房の中央で木彫りを続けている。

まだ仏はその姿を現してくれない。

運慶は心を無にして木彫りに向かっていく。

まだ仏は木の中に潜んだまま、運慶には姿を見せてくれない。

背中に工房の入り口より差し込む月光を感じながら、ひたすらに打ち込んでいた。外界の変化など微塵《みじん》も感じていないふうである。入り口から射し込む光の粒子は、ひと筋のスポットライトのように運慶と、運慶がその姿を必死に捕らえようと彫り進む木彫りの仏像を照らし出した。

運慶の手が止まる。運慶と木像を照らしていた月光が突然遮断されたのだ。

工房は暗い闇に包まれた。

「ここに落とし物がなかったか?」

地獄の底から湧き上がるような不気味な声が工房の入り口から発信されていく。その声は工房全体を凍りつかせるように残響を伴い壁や床、柱に絡みついていった。

壁高く造作された格子窓からは、青白い満月の光が散乱している。工房は真っ暗な海底のように青黒く沈殿した。

運慶と木彫りの仏像がその海底深くに鎮座《ちんざ》している。

振り返ると、入り口の近くの梁《はり》に、大きな黒い影が逆さにぶら下がっているではないか。

まるで大きな蝙蝠《こうもり》のようである。その黒い影は入り口からの月光をすべて遮断した。目は緑色に輝き、黒い口からは赤い舌が触手のように蠢《うごめ》いている。

「ここに落とし物がなかったか?」

大きな黒い影がまた地獄から絞り出すように声を発した。

運慶が身体をひねってその影を見た刹那《せつな》、ギャーッと嬌声があたりの静寂を劈《つんざ》いていた。ガランとした工房に反響してゆく。

反響がまだ余韻を残す中で、

「貴様、そいつをどけよ。そいつは……」

黒い影は緑の目を赤々と怒張させ、うめきだした。

「早くどけよ。……忌々《いまいま》しい……」

黒い影が指し示す方向に目を向けたそのとき、運慶はハッと息を呑んだ。

あれほど捜し求めていたものがそこに輝いているのだった。

工房の床にぼんやりと仏が浮かんで淡く青白く輝いている。

見えなくなって幾月も経《た》つ、捜し求めていた仏の姿が荒削りの木彫りの中で淡く光を発し浮かんでいるのだった。

黒い影は忌々しそうにその仏像を見据えると、大きく踵《きびす》を返した。

ギャーッハッハ……

獣とも鳥ともつかぬあの嬌声を残して、満月の浮かぶ月光の夜に黒い飛翔体となって去っていった。


再び仏の姿が目に浮かぶようになって以来、運慶は憑《つ》かれたように木彫りに熱中した。

いまや木型を目の前に坐すと、木に宿る仏の姿が脳裏に浮かび、運慶は夢中になって仏像を彫り続けた。

木型に宿る仏は、運慶の手によって生き生きとその姿を世に現すようになってゆく。

再び仏を見ることができるようになって、運慶は日々、嬉々《きき》として色々な仏に出会うようになっていた。

しかし、一つの木型から一つの仏像が出来上がるたびに、運慶はまだ満たされない自分がいるような空虚感に苛《さいな》まれていく。

同時にあの朝、工房に現れ仏像を彫ってほしいと頼んでいった女人のことも頭から離れずにいた。

自分は木型の中の仏を見出す才を与えられ、この世に生まれてきたようだ。

それは自分が苦心して追い求めたものではない。

仏を感ずることができなくなっていた時期に、目の前に現れた女人。

その女人の言葉を思い起こしていた。

……いまのあなただからお願いするのです……

……他の人にはできない……

……運慶どの……あなたの彫り上げる仏様を……

……若くして死んだわが子の供養のために、ぜひ……

どん底にあった自分にこそお願いしたいと、その女人は朝陽の中で伝えていった。

その意味はわからずとも、運慶は想った。かの女人のために自分の仏像を彫ってみようと。木型から透けて見える仏の像を越して、自分の、この運慶自身の働きかけで現れる仏の像を追求してみようと想った。

たとえ再び仏の姿が見えなくなるようなことになったとしても。

それは朧月夜に満月を求めるようでもあった。

運慶は自分に与えられた天賦《てんぷ》の才を超えたものを求めようとしていた。

それがあの女人の願いを真《しん》に受け止めたことになるように感じていた。

あの日以来、懐《ふところ》に肌身離さず抱き続けている小さな匂い袋にそっと手を当ててみた。

運慶はふと工房の天蓋《てんがい》を見上げる。

最近はいつも見えるようになった種々の仏の姿が天蓋に舞っていた。

桜

運慶は小さな指を使って、色々な動物や草花を彫っては母に見せていた。母が楽しげに笑う顔が幼い運慶には堪《たま》らない褒美であった。

母が縁側で縫い物をしているとき、決まってそばに坐って、父が使わなくなった小刀やノミで木を彫っていた。

見上げると、母の顔は陽光に輝いて耳の朶《は》が柔らかく透けて見えたのだった。首筋のほつれ毛が陽の光をあびて黄金色に輝くのを幼い運慶はじっと見ていた。

……上手にできたのね……それはなに?……

そう問いかけられ、柔らかな眼差しで見られているのを無上の喜びに感じていた。口元は陽の光を揺らしている。

陽を背負った母は、輝くうなじのほつれ毛と、耳の朶が透けて見えるのみであった。にもかかわらず、運慶は優しい眼差しで見られ、柔らかく語りかけられていると感じていた。

陽光のうちに包まれて、また母に褒められたいと、母の傍らで何度も木彫りを重ねていた。

……あの子は流石《さすが》に棟梁《とうりょう》の子だ。血は争えない。まだ三歳だ。

……あの子の彫り物は生き生きと生命力がある。

……それに小刀やノミで指や手を傷つけたことが一度もないそうだ。あれこそ神童だ。仏師になるために生まれてきたようなものだ。棟梁も良い跡目ができてよかった……

そんなある日、いつものように縁側で木彫りをしていると、父母の言い争う言葉が入ってきた。

……まだ、あの子は幼子《おさなご》ですよ。工房に連れて行くなんて……

母は泣いていた。

父は低い声で何かを母に言い渡しているふうであった。

母は幼い運慶に向かって、

……もう木彫りをしてはいけないのよ……

と言った。

運慶は昨日、母のために彫り上げた花の像を見せようとする。

……駄目だと言っているでしょう……

母の言葉は今まで聞いたことがないほどの拒絶であった。

運慶には事態が全くわからなかった。

混乱している運慶に、母は涙を溜めた目で語りかけてきた。

……おまえはもう木彫りを続けてはいけないの。父様がおまえをここから連れて行ってしまうのよ。おまえは私と離れて父様の工房で生活しなければいけなくなるの……。だからもう木彫りをしてはだめなの……

運慶が父に手を引かれて母の元を去る日、母は終始泣いていた。泣きながらも、あれこれと世話を焼いてくれていた。

いよいよ出発となったとき、母は唐突に運慶を抱き寄せた。運慶は、このまま息が詰まって死んでしまうのかと思うほど、母が自分を強く抱いていたことを覚えている。

大きな父の手に引かれ、母の家を離れていく。桜の花びらがはらはらと微風《そよかぜ》に舞って散っていった。

振り返ると小さくなった母が泣いていた。

運慶は母にとても悪いことをしてしまったのだろうと思った。

振り返りたい気持ちでいっぱいであったが、振り返ればきっとまた母を泣かせてしまうだろう。

幼い運慶は、振り返ることは母に対して悪いことだと思ってじっと我慢した。

ゴツゴツした父の大きな手は運慶の小さな手を包んでいた。

桜の花びらがハラハラと風に舞ってゆく。泣くこともきっと母を悲しませることだろう。運慶はじっと我慢した。じっと桜の花の散る様を見ていた。

何度目かの春が来た。すっかり威風が漂ってきた運慶は自信に溢《あふ》れていた。

木型に対座すると、スッと仏が木型の中に浮かんで見えるようになっていた。色々な仏が木型に宿っている。

運慶は浮き出た仏を彫り上げていった。

その作品は、たちまち西国で余すところなく評判となった。いまや父に次ぐ若き仏師の棟梁としてその名声は広がっていった。

運慶は面白いように木型と対座しては新しい仏を生み出していった。

そんな折、東国からの商《あきな》い人たちの会話を耳にする。

東国では武士が力を持ち、仏教の中でも禅《ぜん》を重んじる宗派が勢いを持ってきているとのこと。東国の武士が天下に号令する日も近いのではないかということ。

——新しい仏教が台頭しているのであれば、自分もその新しい仏教を見てみたい。

その仏教では仏様も違った形をしているのだろうか。

そんな疑念がわくと、徐々にその思いは大きくなっていく。

――自分も東国へ行ってみたい。

――そこで実際、東国で興《おこ》っているという仏教についてもこの目で見てみたい。

最近ではその思いが日に日に強くなっている。東国で出会う仏はいったいどんな仏であろうか。色々想像を膨らませるうちに、どうしても東国に行ってみたいと思うようになっていた。

そんな折、仏師の棟梁である父が運慶を呼んだ。

「東国の武家から仏像を彫り上げてほしいとの依頼が来ている。

運慶、私の名代として東国に下向してくれまいか」

運慶は目を丸くして父の話に耳を傾けていた。

東国の奥地で反乱が起こっているそうだ。その武家大将は平定のための出陣の用意を始めたという。

「旅の安全と武運を祈念するための仏像だ、心を込めて彫り上げるのだぞ。

あまり時間がない。早速出立《しゅったつ》の準備をしてくれまいか。

よいな。かの地で願いが成就するよう、祈念し心を込めて彫り上げてくれ。その仏像は武家大将の菩提寺に奉納してくるのだ」

「棟梁の名に恥じぬ仏様を彫り上げ、菩提寺にご奉納してまいります」

運慶は、はやる心を抑えながら、父棟梁に返していた。

仏像彫りの七つ道具と絵道具を一つにまとめ、旅支度を調《ととの》えると、棟梁への挨拶《あいさつ》もそこそこに工房を後にした。

振り返ると、工房屋形に続く道には桜が満開に咲き乱れている。

珍しく父の姿が屋形の門にあった。父の工房に来てから一度もそんな父の姿を見たことはなかったのに。なぜか涙が溢れ、その姿は歪《ゆが》んで見えていた。

運慶は父に会釈すると東国に向かって一歩一歩踏み出していった。

桜はなおも満開で空を淡い桃色に染めていた。

蛍《ほたる》

「殿、急ぎましょう」

一行は裏山の獣道《けものみち》を抜けて駆けていく。崖下《がけした》の川のせせらぎが聞こえてくる。竹林を抜けて裏山の頂《いただき》近くに登りつめる。

川は曲がりくねって山間の平地を縫っていく。多くの松明《たいまつ》の明かりが山寺に向かって進軍してくる。

満月の明かりのみを頼みとし、松明も灯さず先導の武者に従い、ひたすら径《みち》なき径を抜けていく。

衣が若竹に触れる音、若草を踏みしめる草履《ぞうり》の音が、サワサワと一行を包んでいく。

「殿。もう少しで間道に出ます。それまでご辛抱《しんぼう》を」

一行は満月の薄明かりの中で、径なき径を息を殺して登っていった。眼下の松明の群れは、間違いなくつい先程まで主《あるじ》のいた山寺に向かって、着実に、それも明らかな意思を持って行軍を続けている。

傍《かたわ》らを流れる川の下流に居《きょ》を構える屋敷こそ、ヨリイエの母の実家である。

松明の列は途切れることなく、その屋敷から出没しているのであった。

ヨリイエがこの山寺に幽閉《ゆうへい》されてから、こうした日がやってくることは容易に想像がついていた。

「殿。来るべき時が来たようでございます。母様のお屋敷から兵が発ったそうです。こちらに向かっています。お急ぎを」

ヨリイエのところに側近の武者たちがやってきたのは、満月が天空の真上に位置する少し前のことであった。

十三名の若武者がヨリイエの部屋に参集する。かねてより訓練をつんでいた、手練《てだれ》の者たちばかりである。

武者の棟梁は一人の若武者を選ぶ。背格好・顔立ちがヨリイエに似た者である。

「おまえは今、この瞬間からヨリイエ様となるのだ。よいな」

若武者はうなずいた。

棟梁は他の者たちをひと渡り見渡し、迷うことなく五名の武者を指名する。

「そなたたちはここに残り、殿が落《お》ち延《の》びられるまで時間を稼いでくれ」

一同は軽く頭《こうべ》を垂れ、承知の態を作る。

「殿は今からいつものように湯殿にお入りになる。お付きの者五名はいつものように湯殿の警護につけ」

五名の若武者はさらに頭を深く下げた。

「よいか。自然に振る舞うのだぞ」

一同は棟梁の発する一言一句も聞き漏らすまいと坐している。居残り組六名は自分たちの役割を十分に熟知していた。

今まで何度も想定し、準備してきたことであった。

難しいのはこの緊急事態を自然にこなすことだ。

上手くいけば敵は「影武者」と気づかず「ヨリイエ」の首を討ち取って退却するに違いない。そして首尾よくいけば我が主、ヨリイエは落ち延びるだろう。

ヨリイエは涙ぐんだ。何度も残してゆく六名の若武者の手を握った。

「さあ、殿。ここは彼らに任せ、参りましょう」

棟梁は残り六名の武者に目で合図するとヨリイエを促した。

三名が先導し、ヨリイエと棟梁が中を、殿《しんがり》を三名が守り、一行は境内《けいだい》の奥の墓地を抜け裏山に入っていった。

それを見届けると、「影武者ヨリイエ」は五名の護衛とともに湯殿へと向かった。いつものごとく、自然に湯に浸《つか》りに出向いていったのだった。そこで討たれるために……。

騎馬武者に率《ひき》いられた兵士たちは、甲冑《かっちゅう》を纏《まと》い、手に手に槍《やり》・刀を持って武装している。松明の明かりを頼りに、参道を山寺に向かって行進を続けている。

山の頂からは満月がゆっくり天空に向かって動き始めていた。寺の下を流れる川では、せせらぎが絶え間なく、満月の夜空に向かって楽《がく》を奏でていた。

「殿。そちらは違います。目くらましの騙《だま》し径です」

ヨリイエが間道を右へ曲がろうとするのを棟梁は制した。

右の間道は山間から海が見渡せる。その遠く黒く続く海岸線のはるか上空に、ぼんやりと富士の山が浮かんでいる。満月の明かりで薄藍色《うすあいいろ》に染まった夜空に、淡い山陰をうっすらと浮かび上がらせている。

海へはそこの切り通しを曲がればすぐに降りていけそうに思えた。

一方、左の間道は狭く、山へ向かって急峻《きゅうしゅん》な登り径がつづいている。誰もが右の間道を選択するのは目に見えていた。

棟梁はヨリイエを制して、言った。

「殿。目くらましです。あちらに行ってはなりませぬ」

ヨリイエはそう諭《さと》されながらも、間道の別れ径に立って、じっと右の曲がり路の奥に目をやっている。奥の切り通しの前の一本松をじっと見ている。

この分岐点から一本松までは遮《さえぎ》る物がない。一本松は道標のように立っている。そこから左へ緩やかに曲がる切り通しの壁が目に入る。

ヨリイエはじっと一本松のほうを見据えていた。

「殿。そちらは違います。目くらましの騙し径です。あの切り通しの先は袋小路で、出口はありません。参りましょう」

他の六名の武者は間道の岐路に散開して、ヨリイエの警護姿勢を崩さずにいた。

その時、山寺の方角から突然火の手が上がった。

騒然とした物音とともに、時折刃のぶつかる音も聞こえてくる。

小一時間の戦闘の気配が止むと、いっせいに大きな鬨《とき》の声が静かな山々にこだましていった。

ヨリイエ一行は、じっと火の手が上がった山寺の方角に意識を集中させていた。

誰も一言も発することなく息を殺している。

ヨリイエの頬《ほお》をひと筋、ふた筋、涙が伝って落ちていった。

松明は参道を下りはじめていく。

影武者たちは役割をしっかりと演じきったようだ。

「殿。先を急ぎましょう」

棟梁が沈黙を破った。

その言葉に促され、一行は左の登り径へと入っていった。急峻な山径は、ほとんど崖を這《は》うように葛折《つづらおり》になって、一気に頂の尾根まで続いていく。

一行が頂近くまで登ったとき、眼下では山寺が燃えくすぶり、焦《こ》げた臭《にお》いだけが山肌を昇ってくる。

松明はうねうねと曲がりながら参道を下っていく。出発したヨリイエの母の屋形をめざして意気揚々と引き揚げていく。

御簾《みす》の向こう側から芳しい匂いがほんのりと夜風に揺られてくる。

……討ち取ったのか？……

……湯殿に浸っておられる処を急襲致しましたので、首尾よく……

騎馬武者は早駆けで本隊より一足早く戦況報告に参じていた。

……確かか？……

……何か気にかかることでもございますか？……

返事のないことを訝《いぶか》って武者は御簾に向かって問いかけた。

……どんな最期《さいご》であった？……

ヨリイエ様は素手でございましたので、湯殿の周りの松明を取って応戦されました。

護衛の者五名、なかなかの手練でしたが討ち取りました。

……どんな死に顔であった？……

御簾が夜風にサワッと触れたように感じた。

……御顔は火傷《やけど》を……松明で応戦されましたので、その御顔の半分はひどく火傷を

……

カン、と鹿威《ししおど》しが乾いた音を弾いた。

……討ち損じましたね……

武者の言葉を遮って御簾の内の声が飛んだ。

夜風が庭木を揺らしていく。

……確かに五名の護衛武士とヨリイエ様の骸《むくろ》はこの目で……

騎馬武者は不服げに言葉を継いだ。

……あの子は怖ろしい子。今日の事態は端《はな》から予想していたはず……あっけなく討ち取られるような無策はしない子……

御簾が夜風に揺れている。芳しい香りが白い庭まで洩れてくる。

……影武者の一人も立てているでしょうに……

……ヨリイエ様が影武者を。ではあの骸はいったい……

武者は御簾の前の廊下で絶句している。

……顔を松明で火傷していて、あの子と判別できたのですか？……

御簾の内からの声は柔らかく軽やかに、静かに流れるように続いていった。

抑揚を制御した声音は夜風に乗ってはっきりと伝わってくる。

庭は満月の薄明かりに白く輝いている。

……あの子は賢い子。国を背負って立つほどの器量を持ち合わせている子。……怖ろしいのです。その器量が……

夜風が強くなってきた。庭木もシュルシュルと鳴いている。カンッと鹿威しが弾けて夜風が庭木を打った。

……あの子は間違いなく落ち延びていますよ……

……あのヨリイエ様がそこまでお考えになっているとは……考えが及びませなんだ
……すぐ八方手を打ちます……

騎馬武者は深々と御簾の内に一礼すると、甲冑の音を鳴らして廊下を去っていった。

「すべての径を封鎖せよ」
「海に抜ける径は特に厳重に。蟻《あり》の子一匹通すな」
屋敷の周りはにわかに慌《あわ》ただしさを増している。
騎馬武者の怒声が、奥の御簾の間まで夜風に乗って流れてくる。
シュルシュルと夜風が鳴っている。
……あの子の器量が平凡なものであったのなら……無念だ……
御簾の奥から芳しい香りに伴って、女人のすすり泣く声が夜風に舞って流れてくる。
夜風はさらに強くなっていく。
……このまま捨て置けば……あの子はきっと……天下に号令し……
突然、突風が手入れのよい庭木を大きく揺らせて駆け抜けていった。
すすり泣きの漏れ出す御簾の間で御簾が大きく揺れた。
暗い奥の間が月明かりで垣間見える。
美しい着物に身を包んで坐す、貴夫人の後ろ姿が月光に照らし出された。
着物の裾まで届く黒髪が月明かりの中で艶やかに光っている。

すすり泣く声と芳しい香りが庭に向かって放たれた。

……不憫《ふびん》な子……

嗚咽《おえつ》が後を追った。

鹿威しが再び乾いた音を弾く。突風はさらに御簾を吹き上げ、奥の間が一瞬月光の青白い光に照らされる。

と、声音が低く野太いものに変わっていた。

……やはり……始末せねば……

振り返った女人の目は妖《あや》しく緑色に発光していた。


「ヨリイエ様」

棟梁が声をかけてきた。

「どうやら影武者の計、思いのほか早く見破られたようです」

棟梁は先導隊二名に目配《めくば》せする。二名はスルスルと間道をはずれ、闇の中に消えていった。

眼下では松明の隊列が、屋敷に向かう参道の途中で行進を止め、一同が集まっているようであった。

しばらくすると、松明の明かりは五つに分かれ、各々分散し行進を始めた。おそらく主要な通行路を封鎖するためであろう。

棟梁の下に、斥候《せっこう》に出ていた二名が戻ってきた。

「ヨリイエ様。どうやら主要な径は封鎖されたようです。この間道も麓《ふもと》で押さえられています」

「そうか……」

ヨリイエは頷いた。

……落ち延びるためにはまず山を下り、次に、どうにかして海辺まで辿《たど》り着くこと
……その後、首尾よく船を調達すること……

ヨリイエは思いを巡らせていった。

……山から海へ通ずる径は間道を含め、すべて押さえられている……海に出る方法

は海岸に一番近いところに戻り、そこから海岸に下りる方法を探るしかないようだ……

「先程の一本松のところまで戻ろう。あそこが海には一番近いように思うが。そこから海岸に降りる径を……。もちろん径はないとは思うが。とにかく海岸に出る方法を探ろう。ここまで辿り着くのに、我々は径らしい径を通ってきたか？　だったら海岸に下りる方法も見つけられるだろう」

ヨリイエは悪戯《いたずら》っぽく棟梁の顔を見た。

棟梁は表情を変えなかったが、他の若武者たちの切羽《せっぱ》詰まった表情が一瞬ほぐれたようにも見えた。

「その下の海岸端に顔見知りの漁師がいる。変わり者だから他の者との付き合いはない。口数も少ないから他言はせぬであろう。そこまで辿り着けばなんとかなる」

棟梁は思案していた。

……敵に囲まれたらここでは身を隠すこともできない。足場も悪い。いったん一本松まで退却するしかないか。切り通しの奥は平らな草地になっている。袋小路ではあるものの敵の侵入も切り通しを通ってくる以外にないのだ。退路がないのは危険この上ないが……

そうした棟梁の思案を察してか、ヨリイエが独り言のように口を開いた。

「山から抜ける径々はすべて封鎖されている。ということは今でも我等に『逃げ道』はないのだ。今さら袋小路を気にすることはないと思うのだが」

今度は棟梁も含め、一同の口元に笑みが浮かんだ。

棟梁は部下たちに右手を挙げ、合図する。

二名の武者が今来た崖の径を駆け降りて行った。三人目の武者は崖の途中まで降り、先発隊の安全確認の合図を待った。

間道の分岐点に舞い戻った先発隊二名は周囲の様子を窺う。一名は切り通しまで走り、奥の草地を点検する。安全であることを確かめると一本松まで引き返してきた。

間道の分岐点にいるもう一人の武者に合図する。すぐさま崖の途中で待機する三人目の武者へと伝わった。

棟梁は合図を確認すると、すぐさまヨリイエを先導して崖を下る。殿の三名は一行の存在した気配を消しながら、崖をすばやく駆け下りていった。

間道の分岐点で一行は再び参集する。

また棟梁の右手が挙がった。

ヨリイエ、棟梁、それと護衛に一名を残して、後の五名の武者たちは間道の四方に散開した。安全の確認と一行の存在した気配を消しているのだった。

一行は、間道の分岐点から一本松の下まで隊列を組んで移動する。この間は全く遮るものがなく、奇襲をかけられればひとたまりもない。

どうにか皆、一本松の元に到着できた。

一人の武者が一本松の幹に命綱をかけ、海岸までの径を探って崖下にスルスルと降りていく。他の五名の若武者は切り通しを奥に進んでいる。

入り口に見張りを残すと、残り四名は袋小路の草地に入っていった。草地の安全が確かめられると、入り口の武者から棟梁に合図が送られる。

ヨリイエたちは合図を確認すると、海への径を調べに下りた武者が帰還するのを待った。

程なく、その若武者は引き上げてきた。何の成果もなしに。

棟梁はその若武者に一本松での見張りを命じると、ヨリイエを促して切り通しの奥へと急いだ。

すべては夜風が若草を靡《なび》くように音も立てずサワサワと進行していく。

皆、無言で棟梁の右手の動きの一つ一つに正確に呼応し、動いている。

よく短い期間にこれだけ一糸乱れぬ動きが取れるまでに鍛錬されたものである。ヨリイエは、自分の不遇が部下たちを死の崖っぷちまで追い詰めていることに不甲斐《ふがい》なさを感じていた。

満月は天空の頂上より傾き、その頂から滑り落ち始めていた。

青白い光は天空を淡い藍色に染めている。

遠く北方の空には頂に残雪をたたえた富士の山がぼんやりと浮かんでいた。

棟梁は切り通しの径をヨリイエを先導して進みながら、

——大勢の敵であっても侵入口はここしかない。少人数で迎え撃つにはうってつけの場所かもしれぬ……

そう思い始めていた。

一本松に海風が舞って、時折海鳴りともつかぬ音で松の枝が悲鳴を上げる。間道の若草が月明かりに揺れている。

草地の広場の入り口に立ってヨリイエは一同を見渡した。

皆、月明かりに反射した輝く瞳でヨリイエを見返している。

「殿、今夜はここで野営となります」

棟梁の言葉にヨリイエは無邪気に笑った。

「明朝、何とか海岸に下りる方法……」

そう言いかける棟梁を制してヨリイエは言った。

「皆の者、苦労をかけた。明朝はもうないのだ……」

追っ手の包囲網が刻一刻と狭まっていることは、かすかな自然の営みの中に感ずることができるのであった。

若草の夜風に靡くリズムの内に小さな不協和音が混入していること、虫の音が全く途絶えていること、そうした自然のうちの小さな不協和音を、ヨリイエの五感は敏感に感じ取っていた。

満月は静かに青白い慈愛をヨリイエと七名の武者に降り注いでいく。

時折、一本松が海鳴りのような音で枝を鳴らしていく。

一本松のところに一名。一本松から袋小路の草地に向かう切り通しの終着、つまり広場の入り口に右に一名。左手入り口には棟梁が陣取っている。広場の中心、ヨリイエのぐるり東西南北に他の四名の若武者が位置した。

棟梁の右の拳《こぶし》が挙がるのを合図に、ヨリイエとその護衛武者七名は、満月の青白い光の中で路傍や広場の草木・石と同化した。

生命の息遣いは途絶え、自然と一体となってその存在を隠してしまった。

満月は大きく山間に傾き始めている。

広場の奥で清水の湧き出る音がトロトロと静かな鼓動を伝えていく。

その傍ら、暗くなった草木の間で、ゲンジボタルの一群がホツホツと輝き、やがて消えていった。

夜風が若草を揺らし、海風が一本松の枝を揺らしていた。

望《もち》月《づき》

運慶は仏像彫りに疲れると、工房近くの山々を散策した。

東国のうちでもここは海が近く、雨量も多い。温暖なためか木々の緑は若々しく、精気に満ちている。周りの空気も新鮮な冷気を多量に放出し清々しい。

気分転換に山径に分け入っては、草木や、目に入る風景を描写して回った。

この描写こそが、仏像を彫り込む際のノミの繊細な動きを、より洗練されたものに鍛えてくれるのだった。

今日は、絶景が見渡せると村人から聞きつけた場所に出向いてみようと思っていた。

山径は若草の露《つゆ》にむせ立つようであった。

どう登ったかは定かではない。突然目の前に一本松が道標のように現れた。

なだらかな下り道に入り込んだ運慶は言葉を失った。

ここが村人たちが言っていたところに違いない。

右手眼下には紺碧《こんぺき》の海が白波をたたえて続いている。

白砂の海岸線は大きく弧《こ》を描いて海を縁取《ふちど》っている。

白砂の幅《はば》は狭く、すぐ緑豊かな山間に続いてゆく。

半島は大きく弧を描いてゆく。

紺碧の海と半島のなだらかな山々がひとつに繋《つな》がる平野が遠くに見渡せる。

その奥には、頂に残雪を残し、悠々と聳《そび》え立つ富士の山が、雄大な山裾《やますそ》を拡げていく。


運慶はこの景色に圧倒され、夢中になってこの絶景の描写を開始した。


時が過ぎ、いつの間にか、海の端が夕暮れの紫に変化している。夕陽が西の海の端に沈んで、黄金色の水平線をゆったりと描き出す。富士の山の残雪にも反映して頂が黄金色に輝いていく。

運慶は全身全霊をかけて、自然の輪廻《りんね》を絵筆で描き写していく。手元はもはや暗く、感覚だけを頼りに描写を続けている。

崖下からは潮風に乗って夕暮れの海の香りが昇ってくる。

満月が背後の山の頂から唐突に顔を出した。月明かりが白々と青く周りを照らしていく。

月はやがて天空の真上に上り、皓々《こうこう》と運慶を照らし出した。

「運慶どの」

懐かしい声音に振り向くと、一本松の元に黒装束《くろしょうぞく》の尼僧《にそう》が佇《たたず》んでいる。

「運慶どの」

甘露のような声音が静かに運慶の心に浸みてくる。

運慶は思わず懐の匂い袋に手を触れていた。一本松の下で尼僧は満月を指差して悲しそうに目を伏せる。

……望月や明かり照らさむ黄泉《よみ》の径……

何か歌うような音曲が潮風に舞って伝ってくる。運慶は思わず立ち上がって、尼僧を追いかけようと歩み出した。

尼僧は緩やかな笑みをたたえ、運慶に会釈すると、切り通しの崖に沿って運慶の視界から掻き消えていった。

……我が子流離《さすら》う賽《さい》の河……


甘露のような声音が切り通しの径の奥から伝わってくる。

運慶はあわてて尼僧を追った。

尼僧の姿が見えなくなった切り通しの崖の径を駆け入った時、運慶の目の前に大きな金剛力士がその逞《たくま》しい筋肉を波打たせ立っているのだった。

運慶はハッと息を呑んだが、径は下り坂で尼僧を追って息切らし駆けて来たこともあって、止まることができず金剛力士の両足の間を駆け抜けていた。

切り通しが途絶え、草地の広場が拓《ひら》けている。

その入り口に差し掛かったとき、左右からの刺すような視線を感じて目をやると、右の崖壁に毘沙門天《びしゃもんてん》が甲冑に身を包み、右手に棍棒《こんぼう》を握り締め立っている。左には梵《ぼん》天《てん》がじっと運慶に鋭い眼差しを送っている。

さらに運慶が進んでいくと、満月の白い明かりに照らされた草地が広がっていた。

足にはひんやりと心地よく若草の露があたっている。

草地のぐるりは、切り通しの続きの岩肌が月光の中で灰色に輝き、闘技場のように屹立している。

岩肌の屏風に囲まれた空き地である。出口はない。

運慶は薄明かりの崖壁の東西南北に、はっきりそれらの雄姿を見ていた。

「持国天」

「増長天」

「広目天」

「多聞天」

と、四天王の像が生々しく浮かび上がっているのだった。

広場の入り口はその中央から北西の方角、鬼門を指し示していた。満月の光はその草地の中心でひときわ明るく輝いている。

運慶は憑かれたようにその光の中心に向かって歩を進めていく。

――あそこまで辿り着けば……

そうした渇きに近い想いが、運慶の歩を進めていた。

――あの光の中に入ってゆけば……きっとそこには……

突然目の前から光が消えた。真っ暗な闇が運慶を襲った。

振り返ると、いつか見た蝙蝠の化け物が一本松の枝に逆さにぶら下がっている。

その黒い影は大きく翼を広げ、月光をすべて遮断した。

海音や一本松の枝の音、足元の若草を踏む感触と、サワサワした音すべてが消えてなくなった。

――あの光の中にきっと……

そう呟く運慶の意識も深い闇の中に沈んでいった。


運慶は再び仕事に没頭していた。

あの絶景を模写した日の出来事が、まだ鮮明に思い出される。

取り憑かれたように木彫りに熱中している。

工房はコーンコーンというツチ音が絶えることなく続いていく。

もう幾日も工房を出ることはなかった。

運慶の脳裏にはあの夜見た光景が生々しく浮かんでいる。

金剛力士、毘沙門天を前衛に、多聞天、広目天、持国天、増長天の四天王が躍動する。

中心の輝く光を守ろうと指揮する梵天の姿が、生き生きと浮かんでくる。

鬼門から襲い掛かる大軍を迎え撃ち、仏たちの獅子奮迅《ししふんじん》の戦いが続いている。

その有様が臨場感いっぱいに運慶の頭の中を駆け巡っていく。

運慶は彼らの一挙手一投足も見逃すまいとノミをふるった。

浮塵子《うんか》の如く襲い来る敵に、彼らは一歩も引かぬ戦いを繰り広げている。

金剛力士、毘沙門天を筆頭に広目天、持国天、増長天、多聞天を彫り上げる。

いよいよ梵天像にとりかかった。

戦いの指揮を執り、めまぐるしく動く梵天は、その沈着な風貌からは想像できないほど、精力的に躍動している。その衣の風に流れる動きも、四天王に指示を出すときの右手の筋肉の動き、拳の挙がる様子も、ノミの繊細な動きで形に表出していく。

梵天像を彫り上げた朝、運慶は工房の中央でノミとツチを置いた。工房は暖かい陽射しに包まれていた。

その光の中心に運慶はぼんやりと坐している。

頭の中に描かれ、活動していた闘いの絵巻はもう動きを止めている。

真ん中の光はいっそう大きく輝いて大きな光の玉となっていた。

仏たちと運慶を包み込んでいく。

運慶はその光の中心で大きな光の掌に抱かれているのを感じていた。

明るい光の中で心地良い母のぬくもりを想い返している。

いつしか運慶は深い眠りに落ちていた。


運慶は金剛力士、毘沙門天、および四天王と梵天の七体の仏像を彫り上げた日を思い返していた。

その日からかれこれふた月が経つ。

運慶はその日以来、ノミもツチも手にしていない。

工房のある寺の僧侶たちも訝って、「運慶どの、どこか具合でも悪いのですか」などと問うてくる。

運慶はそうした問いかけも軽くいなしていた。

日課の如《ごと》く経を読み、絵筆を執り、山や川に出かけては種々な風景や鳥や動物を模写していった。

「運慶どの。最近は工房に入られないようだが……どこか具合でも……」

「いや、なんでもありません」

運慶は笑って答える。

「では出かけてまいります」

最後はいつもそう結んだ。

あたりは若草の匂う季節になっている。野山に分け入ると鶯《うぐいす》の鳴き声が森に流れていく。

まだ若い鶯なのだろう。鳴き声が幼く感じられる。

「へたくそ」

そう運慶は呟いた。

それに反発したかの如く、何度も若鳥は「ホーホケキョ」を繰り返している。

爽《さわ》やかな風が運慶を誘った。

ふと運慶は思った。

――今日は山寺に出かけてみよう。比叡《ひえい》の山で修行をされた偉いお坊様が訪れたという山寺に行ってみよう。

そのお方は海を渡って唐国までさらなる修行に出られたという。そこで仏教の奥義を会得すると、帰国後はその教えを説いて国中を回られ、ここ東国の果ての山寺にもお見えになったという。

その山寺に行ってみようと運慶は思い立ったのである。

参道脇の崖下を流れる清流のせせらぎを聞きながら、

――こんな山深くまで仏の教えを説いて回られたのか……偉いお坊様だ……

そんなことを考えながら参道を登っていく。

崖下の河原の岩の間から出る湧き水を、掌に掬って飲んだり、湧き水から溢れ出る流れに足をつけたりしている人たちを見つけた。

——何をしているのだろう……

怪訝《けげん》に思い、運慶は村人に、

「何をしておいでなのですか？」

と問いかける。

「湯が湧き出ているのです。温かくて気持ちいいです」

どうぞ浸ってみてください、と。

その村人たちの招きに誘われて運慶は河原まで降りていった。

河原はゴツゴツとした岩や石が、乱雑に転がるように敷き詰められている。

その間を清らかな川面《かわも》が滑るように流れていく。

緑の木々と青い空をその絹のように滑る川面に映していた。

せせらぎが心地良く耳に響いていく。

村人たちの笑顔に誘われて裸足《はだし》になると、先程の湧き水から溢れ出る流れに足を入れてみた。

「温かい。これは……」

運慶の驚く顔を見て村人たちが笑った。

「気持ちよいでしょう」

さらに返事に戸惑っている運慶を見て、村人たちは口々に語る。

「この辺りは初めてでございましょう」

「昔、偉いお坊様がこの山間の寺までお見えになりましたとき、この河原で一人の孝行息子をご覧になったそうです。その息子は年老いた母親の、汚れて汗臭い身体をこの河原の水で拭いてあげていたそうで……お坊様はそれをご覧になると、……それでは母様が寒がるだろうに……

とおっしゃってご自身も河原に降り、その孝行息子の傍らにお立ちになった。そして御手に持った杖《つえ》で以て、この岩をトントンと叩いたのです。するとそこから湯が噴き出したのです。それがこの湧き水です」

村人たちはありったけの笑顔をみせた。

温水が程よい温度に沸き、絶えることなく湧き出しているのだ。

運慶は岩に腰を下ろし、裸足の両足を温水に打たせていた。

心地良い慈愛のこもった温かな流れに足をかざしながら、そこから眺める風景を模写しはじめた。

参道から見える景色は、河原まで降りてから見上げると、また一風変わった色合いを見せるのだった。

「絵かきさんかね」

村人の問いに、

「いえ、仏師です。仏様を彫っています」

そう運慶は答えた。

「へえ。仏様を」

「じゃあ、お偉い方なんですね。ああ、なんてことを。大変失礼なことを……何も知らなかったもので……」

恐縮する村人たちに、運慶は、

「先程のお話、感動いたしました。こんな素晴らしいところを教えてくださって、こちらから御礼申し上げます」

と丁寧に挨拶をした。

「そんな、私ら百姓《ひゃくしょう》にもったいない……」

彼らは恐縮し、口数は少なくなったが、運慶の傍らから離れようとはしなかった。運慶の描く風景とその素描の素晴らしさに圧倒されていたのである。興味深そうに運慶と、その絵筆の先の線から美しい景色が再現されていくのを、目を丸くして眺めていた。

絵筆を止めずに、

「この近くの山寺にはどうやって行けばいいのですか？」

そう運慶は村人たちに問いかける。

村人たちは顔を見合わせていたが、皆気まずそうに一人二人、自分の荷をまとめてその場を去っていった。最後に残った年嵩《としかさ》の男も自分の持ち物をまとめると、

「お坊様……そうお呼びしてもよいでしょうか。仏様を彫っていらっしゃる方をなん

とお呼びしてよいかわかりませんので……。お坊様は、あの山寺ゆかりの方でいらっしゃいますか?」

と、おずおずと運慶に尋ねた。

「いえ、違います。山寺があると聞いたものですから。寄ってみようと参道を登ってきました」

村人の顔に安堵《あんど》の表情が見て取れた。

「そうでしたか。そこを登って参道に出たら、そのままお行きになれば見えて参りますので……」

運慶は村人たちの変化に気づいていた。

「山寺には何か不都合なことでも……」

運慶は村人に尋ねた。人のよさそうなその村人は、運慶から真っ直ぐに見られ、動揺している。

「いえ、何も……」

口ごもる村人に、運慶は悪戯っぽく聞いた。

「きっと何かあるのですね。私がのこのこ出かけていって、『お化け』なんかと出くわすことになったとしたら……びっくりして気を失うかもしれません。そしたら誰に助けを請《こ》うたらよいのですか？」

「お坊様……何もございません。ただ……」

村人は本当に困った表情をした。

運慶は続けた。

「それでは恐いから一緒に行ってください。一人ではきっと悲鳴を上げて気を失います」

そう言って、運慶は絵道具を片付け始めた。村人はあわてた。

「お坊様……そんな……」

「あなたから聞いたなんてことは誰にも申しません。その山寺に行くと何か差し障《さわ》りがあるのですか」

「いえ……お坊様……」

運慶に真っ直ぐ見つめられ、村人はますます困惑した様子になった。

「……一人で出かけさせて……それこそ……皆の言っていることが本当で……それをこのお坊様がご覧になって……卒倒でもなさったら……いったいどうしたら……」

村人はやがて意を決して運慶に向き合い、周りに人がいないのを確かめると口を開いた。

「お坊様、出るんです。いえ、出るという噂《うわさ》です。村人ももう何人も見ています。その中には気を失って運び出された者もいます。私がお坊様にお話ししたことは内緒にしてください。どうかお願いです」

「何が出るのです？　そして何を見たと村人たちは言っているのですか？」

運慶に促されて、村人はもう一度周りを見て、人気のないことを確かめると口を開いた。

「何年か前の夏の終わりでした。村人の一人、私と懇意にしている男ですが、そいつが山寺の修復に駆り出されていて、その夜、見たんです。山寺の燃えた湯殿の近くで……奴はその湯殿の修復のために人夫として駆り出されていたんですが……」

村人はもう一度周りを警戒したあと、運慶を見つめると、続けた。

「湯殿の脇に美しい女の人が立っていたそうです。まるで菩薩様の再来のようだったと奴は言っていました。あまりの美しさに呆然と見つめていたそうです。その美しい方は泣いているようにも見え、気になって近づいていったそうです。

……どうされました……と声を掛けようと近づいたとき、その方の美しい着物が真っ黒な僧服に変わってしまったそうです。奴は、全身が凍りついたように動けず呆然と立っているのが精一杯で。するとその女人が突然振り返ったそうです。その顔――奴を射すくめる緑の眼光と触手のように動く赤い舌。その顔を見た瞬間、奴の意識は遠のいていったとのことです。遠のく意識の中で、大きな黒い蝙蝠が奴を飛び越えていくのを感じたものの、そのときはもう意識は途切れる寸前で、夢か現かは定かではなかったとのことです」

運慶は村人の話をじっと聞いていた。

「その後も何人かが同じような体験をしています。あんなことがあった後だから……祟《たた》りかもしれない……と皆は言っています。このことは、この村だけのことなので、村人以外への他言は一切していません」

「あんなこととは……」

運慶が尋ねると、村人はさらに困惑げな顔を見せた。

「お坊様。もうこれ以上は勘弁してください。こんなことまでお話ししたら、私の命が幾つあっても足りません」

運慶は村人を見て真顔で答えた。

「実は私もその女人を見ています」

「えっ……」

村人は絶句した。

「あなたが本当のことを話してくださっているのがとてもよくわかります。私もこのことは他人に話せずにいました」

村人はさらに安堵の表情を浮かべた。

「お坊様。あの山寺に向かわれるのでしたら、修復した湯殿の周りには気をつけてください。きっと出ます」

「いったい湯殿で何があったのです」

運慶の問いに、村人はやっと語りだした。

「何年か前の夏の初めでした。山寺で御静養していらした、さる高貴なお方が、あの湯殿で敵の襲撃を受けて亡くなったのです。湯殿も焼け落ちました。そんなことがあったあと、その夏の終わり頃から湯殿周りにあの女人が現れるようになったのです。だから皆は祟りだと囁《ささや》き合っております。

あっ。もし。お坊様、山寺に向かわれるのなら、その手前にある神社にお参りをなさってからにしてください。小さな社《やしろ》ですが、大きな杉の木に囲まれているのですぐにわかります。ぜひお参りを。私はそのおかげで皆が見ると言うその女の方には会わずにすんでいます」

村人は重い荷をやっとおろしたような安堵の表情を運慶に向け、会釈すると、自分の荷をまた背負い、その場を去っていった。

運慶は複雑な気持ちで村人の背中を見続けていた。

曼荼羅《まんだら》

運慶は神社の境内に入るや強い衝撃に打たれた。

大きな杉の木が境内の周囲を囲んでいる。大人が三人がかりで両手を広げて、やっとその幹を囲むことができるほどである。

中央にはさらに一回り大きい杉の木が聳え立っていた。その大杉は、雷に打たれたのか、幹の途中から二又に裂けている。その右側は焦げて焼けた傷跡が残り、菩《ほとけぐさ》や鳥の巣がそこここに見受けられた。種々な植物の芽が多数芽吹いている。

見上げると、杉の大木に覆われた天蓋からは、青と白と緑の光の玉がクルクルと反射しながら運慶に降り注いでくる。

中央の大杉に一歩一歩近づくにつれ、運慶は天蓋から降り注ぐ光の玉に包まれていった。

めくるめく光の玉の内で周囲を見渡した。

その時である。

大杉の一本一本に明王《みょうおう》が浮かんで現れた。

東の大木の幹には降三世《ごうざんぜ》明王、西に大威徳《だいいとく》明王、南に軍荼利《ぐんだり》明王、そして北面の木には金剛夜叉《やしゃ》明王がくっきりと浮いていた。また、東西南北を見守る大杉の幹からは、不動明王がその憤怒《ふんぬ》の形相《ぎょうそう》をあらわにしていた。

運慶は、降り注ぐ青・白・緑の光の玉の雨の中で、はっきりと明王各々の顔を読み取っていた。

中央の大杉はその幹に大きな傷を負っている。にもかかわらず、凛《りん》として天空に聳え立っていた。

落雷で損傷した幹の辺りを見上げると、そこには帝釈天《たいしゃくてん》が、その右顔面に火傷を負い浮かび上がっているではないか。

運慶の心臓は早鐘のように打っている。

高所の枝の織り成す天蓋からはとどまることなく、大小多数の光の玉が虹《にじ》色に変化し降り注いでいる。

ぐるりと見回すと明王たちが憤怒の形相で運慶を見下ろしている。

帝釈天は無傷の左目で慈愛深く運慶を見ている。

杉の木が強風に煽《あお》られた。ゴーッという風音が境内を通り抜けていく。

光の玉が虹の霧雨となって運慶に降り注ぐ。

運慶は、虹の光に包まれると、心地良い睡魔に襲われていった。

遠のいていく意識の中で、帝釈天の浮かぶ中央の幹から大きな光の輪が現れたように感じた。

と、突然、真っ暗な帳《とばり》があたりを包む。

運慶は大杉の根元で深い眠りに落ちていった。


久しぶりに工房からコーンコーンというツチ音が響いてくる。

工房に続く寺の僧侶たちはその音を聞いている。

各々が安堵の念を抱きながらお勤《つと》めをこなしていく。

「やっと運慶どのが動き始めましたね」

僧たちは絶えることなく続くツチ音が再び始まったことを喜んでいた。

以前にもましてツチ音は音曲を奏でるように続いている。

運慶は憑かれたように木彫りに向かった。

山寺に向かう途中、立ち寄った神社で五明王と傷ついた帝釈天に遭遇した。

その像が生き生きと頭に浮かんでくる。

運慶はずっと工房にこもったまま作業を続けている。

陽が昇る頃降三世明王を、陽が高くなり南から工房に光射す頃軍荼利明王を、また、傾く夕陽の中で大威徳明王を彫り続けていく。

北面に月が昇り、月明かりの中で金剛夜叉明王に五眼を彫り終える。

次に四明王を見守るように坐す、不動明王を彫り上げていった。

運慶は山寺に向かった日のことを夢のように想い返していた。

河原の温泉場で出会った村人から不思議な話を聞き、山寺の手前にある神社にお参りしたときのことであった。

大杉に囲まれた境内はシンと霊気に包まれ厳かに佇んでいた。運慶が境内に参内す

いていた。


ると、天空から洩れている陽光は、さまざまな色の光の玉となって境内に降り注いでいた。

その光は虹色の霧となって境内全体を包み込んでいく。

その時、周りの杉の大木に五大明王が次々とその姿を現したのであった。

中心の大木には傷ついた帝釈天が浮かび上がっていた。輝く光の輪を背負っている。

光の輪の中を見ようと運慶が近づいた時、運慶の意識はスーッと遠のいていった。

奇妙な体験であった。

夜露のしっとりとした冷たさと、満月の月光の明るさに目を上げると周りはすっかり暮れていた。

境内に陽光は消え、天蓋からは満月の明かりが幾筋もの光の帯となって境内の地面に入射している。月光は一面に青白い大小無数の光の水玉模様をつくっていた。

起き上がると大杉の枝が夜風にサワサワと鳴っている。

——夢を見ていたようだ……

運慶は肌寒さを感じて立ち上がった。絵筆や絵道具が周りに散乱している。運慶はそれらひとつひとつを丁寧に集めていく。

境内を囲む五本の大杉の根元付近、月光の光の斑点の中にキラキラと輝くものがある。運慶はその輝くものをそれぞれ回収して回った。

降三世明王の現れた東の大木の根元には折れた『鏃《やじり》』を、西の木の根元では大威徳明王の『短剣』を、軍荼利明王の現れた南の大木からは『蛇の胸飾り』を、また北の金剛夜叉明王の根元では『金剛鈴』を拾い上げていた。

不動明王の現れた大杉では『宝剣の鍔《つば》』が月光の中にキラキラと輝いてあった。

いずれの「落とし物」も、そこここに刃傷が見受けられるのだった。

中央の大杉には帝釈天の『蓮華《れんげ》』が月光の斑点の中で青白く輝いている。

運慶は明王たちの「落とし物」と、帝釈天の『蓮華』を丁寧に拾い上げ、絵道具入れの中に納めるとその場を去った。

満月は参道を明るく照らしていく。

傍らの崖下には川が山間をぬって下っていく。サラサラとせせらぎが夜風に舞って上ってくる。

運慶は取り憑かれたように工房のある川下の寺まで急いで山道を降りていった。

参道に運慶と並んで一つ。その前後、前に二つ、後ろに三つの月影が従っていた。


運慶は彫り上げた五体の明王たちの像を前にじっと坐している。今、金剛夜叉明王と不動明王を月明かりの中で彫り上げたところだった。

満月は工房の庭に白い霜を降らせていた。工房内には庭の月明かりの反射で青白い光の粒子が舞っている。

運慶は木型の前に坐している。

木型からは何の反応もない。他の五体の明王たちも月光の漏れ出す青白い光の粒子の中で静かに坐している。

運慶は、思い出したように、絵道具箱からあの日に持ち帰った『蓮華』と五明王のそれぞれの「落とし物」を取り出した。

まず『蓮華』を木型の前に置いてみた。

何の変化もない。

『蓮華』を床に置いた。

コトッという音だけが寒々とした工房に拡散し、やがて収束する。

東西南北に坐す降三世明王、大威徳明王、軍荼利明王、金剛夜叉明王の前にそれぞれの「落とし物」を置いていく。

何の変化もない。

最後に『宝剣の鍔』を不動明王の前に置いた。

その時、突然蓮華が明るく虹色に輝き始めた。

その光は青白い工房の隅々まで明るい光線となって放射し始めた。

と同時に、木型からうっすらと帝釈天が浮かんで見えてきたのだった。

運慶はすぐにツチとノミを取り上げて木型に向かった。

浮かんだ帝釈天を掬い出すように彫り始める。

コーンコーンと軽やかなツチ音が工房に鳴り響いた。

床の蓮華の放つ虹色の淡い光もそれと呼応するよう揺れている。

彫り進むにつれ運慶は訝った。

――この帝釈天は鎧をつけていない。帝釈天はいつも鎧を纏っているものだが……

それと美しいその顔の右半分は火傷の跡のように原形をとどめていない……

運慶は鎧を纏わず闘う帝釈天を想った。

彫り進むにつれ、運慶の目には涙が溢れていく。

ノミの先端も涙で霞《かす》んで見えない。ただ、頭の中に浮かぶ帝釈天の壮絶な闘いの姿を追ってノミを打ち続けた。

火傷を負った右半顔も綺麗に彫り上げることができたようである。

コトッとノミとツチを床に置く音が床を伝って伝播《でんぱ》する。

その音がそれぞれの明王像のところまで到達したとき、五体の明王像が淡く輝きを発散させた。

帝釈天の『蓮華』を筆頭に、それぞれの像の前の「落とし物」が呼応するように震《しん》盪《とう》する。

運慶は工房の中央で静かに合掌した。

静寂が工房を支配する。生者の気配はなく、六体の仏像の影と運慶の影だけが月光に照らされ、工房の中で鎮座した。

十三体の仏像を彫り上げた運慶は、確かな仏の存在を感ずるようになっていた。

しかし、その姿が見えてこないまま時が過ぎていく。

運慶は苦悩していた。

工房に十三体の仏像を色々な位置に配置してみる。

何も変化は起こらない。帝釈天がその姿を現したときのように。五明王の「落とし物」と帝釈天の『蓮華』を各々の仏像の前に配置もしてみたが、今度は何の変化も起こらない。

工房の中央には大きな木型が据えられている。

もう幾日も試行錯誤が続いている。

あの時、光の中にその存在をしかと確信したはず。

しかし、仏は今のこの時になっても姿を現してくれないのだ。

思案も行き詰まったとき、ふと運慶は思った。

——久しぶりにあの絶景の切り通しに出かけてみようか。

はじめてその地を訪れた日のことを想い返していた。

風景に魅せられ、それを模写するうちに夜になってしまった。満月の夜であった。

夢中で模写を続けていた時、一本松の下にあの女人が現れたのだった。

後を追ったまでのことは鮮明に覚えている。その後の記憶は定かではないのだ。

色々な仏に出会ったようにも感ずるし、その中心に光を見たようにも感ずる。

ただ、どのようにして工房に帰ったのか思い出せない。

工房に帰ってからは頭の中に浮かぶ金剛力士、毘沙門天……と次々に彫り上げていった。

すべての像を彫り上げた日の朝、大きな光を見たように感じたことは覚えている。

その後は何も浮かばなくなった。仏を全く感じなくなった。

ただ、その時感じた光は運慶の心のどこかにその輝きを失わず、柔らかく存在しているのがわかる。

そのせいか運慶の心は穏やかであった。

この東国に来た当時、全く仏を感じなくなったことがあった。木彫りに打ち込んでも打ち込んでも、全く仏が見えなくなっていた。このまま仏を感じなくなるのか……仏師としての才は枯れてしまったのか……と、不安と焦りの中で苦悩していた。

今もまた運慶は何も感じていない。感じなくなっている。

以前と違うのは、ある自信、いや確信が運慶の心の中にずっしりと腰を下ろしていることであった。

それはその光のくすぶりが体内に宿っているからだと感じていた。

山径を分け入っていく。時折潮の香りが山裾から上がってくる。あの一本松も木々の間から垣間見えてくる。

山径の分岐点を右に折れると、右手に海、正面に一本松と懐かしい風景が目に飛び込んできた。

運慶は切り通しを左に曲がり、あの草で覆われた広場に入ってみた。

サワサワと草の靡く音以外何もない。

周囲の崖壁を見ても、もはや四天王は現れない。

運慶はあきらめて広場を後にする。

一本松まで戻った時、切り通しの奥から声がした。

……奴らを……連れて……きて……ほしい……

運慶の心のうちに直接話しかけてくるような響きが伝わってくる。振り返るがそこには何もない。

一本松が海風に鳴ったのだろう。そう自分に言い聞かせて立ち去ろうとする。

と、今度ははっきりした音調で届く。

……奴らを、ここへ……

振り返ると、そこには金剛力士がその隆々たる筋肉を波打たせ立っている。

運慶を睨みつける形相ではあるが、その目の輝きの奥に哀愁が漂っている。

海風が崖を駆け上がるヒュルヒュルとした音が舞っている。

……奴らを連れてきてほしい……

あの日、彼の足元を駆け抜けてしまった光景が思い出された。

運慶はじっと金剛力士の目を見た。

……いったい奴らとは誰のことですか……

……いったいどうしたら連れてこられるのですか……

運慶の頭の中で答えの出ない問答がぐるぐると回っている。

金剛力士はじっと運慶を見て哀願している。

運慶は思わず目を閉じ、金剛力士に向かって合掌した。

目を開けたとき、もうそこには金剛力士の姿はなく、一本松だけが目に入ってくる。

海鳴りがヒュルヒュルと運慶の足元で舞っていた。

立ち去ろうと運慶が足元に目をやると、小さな水晶玉が七つ、若草の中で輝いていた。

「梵」「広」「増」「持」「多」「毘」「剛」の文字を封印し、七色の虹の玉が輝いている。

運慶は、それらの玉を丁寧に取り上げ、懐に納めると急《せ》かされるようにその場を去った。

一路、工房へと山径を急いでいた。

……奴らも一緒に……

金剛力士の声に振り返ると、一本松の近くで海鳴りがヒュルヒュルと舞い上がっていった。

運慶は再び工房の中央に坐している。

その前には大きな木型が置かれている。工房の四方に今まで彫り上げた十三体の仏像が配置してある。五体の明王像と金剛力士、毘沙門天、さらに四天王像が工房の入り口と東西南北の四隅に置かれている。

木型の後方右に梵天像、左に帝釈天像が配置された。

それぞれの像の前に各々の「形見の品」が置かれていく。

金剛力士、毘沙門天、梵天と四天王、その像の前には先日山で拾い上げ持ち帰った七色の水晶玉を配置する。

運慶は静かに目を閉じている。

工房の内は、十三体の仏像と、中央に置かれた木型と、その前に坐す運慶の十五体がひっそりと坐している。

すべてが息を潜めて佇んでいた。

運慶は目を閉じたまま合掌し、静かに頭《こうべ》を垂れた。

工房の外は夕陽で赤く染まっていく。

工房内には十五体の動かぬ像が坐している。

夕焼けを背に、仏像は黒い影絵を朱色に染まった工房の壁に反映《うつ》していた。

目を開けた運慶は、降三世明王に『鏃』、大威徳明王に『短剣』、軍荼利明王に『蛇の胸飾り』、金剛夜叉明王に『金剛鈴』、不動明王には『宝剣の鍔』を、各明王像の胸の隠し扉を開け、その奥にそれぞれ安置する。

カタッカタッと仏像の胸の隠し扉が閉められ、五体の明王の胸の内に彼らの「形見」が置かれ息づいていく。

運慶は次に帝釈天像の胸の扉を開け『蓮華』をその内に安置する。すると、五体の明王像が夕焼けの朱色《しゅいろ》の中でほの青く輝きを発したようであった。

次に金剛力士像の胸を開け、「剛」の文字の赤い水晶玉を据える。金剛力士像の象《ぞう》嵌《がん》の眼が鋭く光って運慶を見下ろしているのが感じられた。

次に毘沙門天像の胸の奥に「毘」の青い水晶玉を安置する。

大きく見開かれた象嵌が生気を帯び、さらに大きく輝くのを運慶は感じていた。それに呼応して五体の明王像が青白い光を放つようになっていった。

次に四天王像の胸の扉を開け、黄色の「広」の水晶玉を広目天像に、紫の「多」を多聞天像に、緑の「持」を持国天像に、橙《だいだい》の文字「増」の水晶玉を増長天像に安置する。

四天王像はその体躯《たいく》をそれぞれの水晶玉の色に淡く光り輝かせていく。

それぞれの象嵌は生気を帯びて見開き、周囲に眼光を放っていく。

運慶はいよいよ黄金色に輝く「梵」の文字の玉を梵天像の胸の奥にそっと安置する。

カタッと梵天像の胸の隠し扉が閉められると、各々の仏像が生き生きと生気を帯び始めていく。

工房の外は夕陽が沈み、朱色から紫色に変化している。

工房内は五明王の青白い光、毘沙門天の青い輝き、金剛力士の赤い輝きが徐々に明るさを増していった。

四天王像の黄、緑、紫、橙の淡い光が加わって、工房内はいっそう明るさを増していく。

工房の外はすっかり黒い帳に覆われた。

黄金色に輝き出した梵天像に呼応するよう、帝釈天像も黄金色に輝き始めている。

梵天像と帝釈天像によって放たれた黄金色の光は、運慶の前に置かれた木型の背後から明るい陽光になって運慶を包んでいく。

運慶はじっと目を閉じ木型の前で静かに坐している。

木型も光輪を背負ってそこに坐している。

運慶の脳裏にぼんやりと、やがてはっきりとその姿が現れたのだった。

光輪を背に柔らかな眼差しで静かに坐す大日如来《だいにちにょらい》の姿であった。

明るくふくよかな手掌を、足を、組んで坐す。手掌は太ももの上に静かに置いている。

その手掌の上で安堵の内に寝入ったことを運慶は思い出した。

運慶はまだ目を閉じている。目を閉じていても生き生きと大日如来の一挙手一投足が感じられた。

その衣の襞《ひだ》が風に流され揺らぐ様も、運慶はつぶさに感じ取っていた。

ノミとツチを手に取り、無我夢中で木型に向かっていく。

まだ目は閉じたままである。

今、脳裏に浮かんでいる大日如来を感ずるままに描き出していく。

目はまだ閉じている。

洗練されたノミの動きがより繊細な動きをとって流れていく。

目を開けた時よりも、よりはっきりと細部の表情まで如来を感じ、その姿を浮かぶままに表出していった。

いつしか、光輪を背に慈愛に満ちた光を四方に発散して坐す大日如来を彫り上げていた。

工房の外からチッチッという鳥の鳴き声が聞こえてくる。柔らかな朝の陽射しが外の冷気を暖めていくのを運慶は肌で感じていた。目を開けると、目の前に大日如来の像が静かに坐している。半眼で慈愛に満ちた笑みを運慶に向けている。

運慶は工房内に目をやった。

十三体の仏像は静かに各々の位置で大日如来を守っていた。

運慶は如来像の胸の扉を開け、あの時以来、肌身離さず身につけていた匂い袋を大日如来の胸の奥底にそっと安置する。

カタッと胸の扉を閉めたとき、十三体の仏像が一瞬淡く輝いたと思った。

放心状態でいる運慶は、ふと、工房の入り口に誰かが立っている気配を感じて振り返る。工房の入り口は朝陽の射し込む窓と化していた。

そこに人影はない。

……勘違いか……

そう呟き、大日如来に向き直ったとき、ほのかにあの芳しい匂いが朝の光の粒子にのって漂ってきたのだった。

運慶は大日如来に向かって合掌した。

工房は晴れやかな朝の気配に覆われていった。

あとがき

二〇二〇年が明けて以来、全世界にコロナウイルス感染症が拡散しはじめた。いまなおその猛威は続いている。

マスク着用をほぼすべての人々が励行するようになった。不要不急の外出を控えた自粛生活にも慣れてきた感がある。

深緑に誘われ小旅行に出かけたい気分だが控えよう。想像の中だけで旅行を楽しむのも悪くない。

さて、ここはJR三島駅から乗り継いだ伊豆箱根鉄道の終着駅、修善寺である。列車を降りて「修善寺温泉行き」バスに乗り込む。バスは渓流沿いに山あいに入ってゆく。左手に渓流を見下ろし、右手の山々の緑を満喫する。「修善寺温泉郷」と書かれた大きな柱を過ぎる。ほどなく終点のバスターミナルに到着する。温泉街の中央付近である。バスを降りる。荷を抱えての散策か。ちと、つらい。ふと前を見ると、温泉宿の重厚な木の扉が目にとまる。今夜は、ここに投宿することにしよう。その昔、著名な文豪たちも常宿にしていたと聞く。

宿泊の手続きを済ませ部屋に案内される。荷をほどいてひと息つくが、陽はまだ高い。辺りの散策に出掛けよう。

旅館の渡り廊下に広い窓がある。窓越しに木々の緑が見える。竹林を揺らすさわやかな風も感じられる。上を向くと天井とガラス窓の間の壁に絵巻図が掲げてある。尼僧姿の北条政子が満月に涙し、亡き息子源頼家を偲《しの》ぶ図である。

「行ってらっしゃいませ」

旅館のおかみの声に送られ外に出る。左手少し登り勾配《こうばい》の続く径を行く。ほどなく橋のたもとに辿りつく。右手には修善寺の山門が見える。橋は渓流をまたぐように架かっている。橋を渡りながら朱塗《しゅぬ》りの欄干《らんかん》越しに上流の川原を見下ろす。「独鈷《どっこ》の湯」と書かれた足湯場が目に入る。その昔、弘法大師によって開泉されたという川原の中の温泉である。

渓流を渡る。土産物屋が軒《のき》を連ねている。小径はその狭間《はざま》を紡《つむ》いでゆく。突き当たりに山手に入ってゆく路地を見つけた。

行ってみよう。

路地に足を踏み入れ、坂を少し登ると左手に開けた空き地に出る。ぐるりを山の斜面に囲まれ、緑の木々がその斜面を蔽っている。

広場の山すそに沿って、ひとつ……ふたつ……みっつ……大小十三もの石が広場を囲むように置いてある。それぞれに花が供えられ、墓のようであるが、墓と呼ぶにはあまりに粗末なものである。

広場の入り口にはお堂があり、内には大日如来像が鎮座している。これこそ宿の絵巻図にあった北条政子が、息子、頼家を供養するために安置したものだ。

鎌倉幕府を創設した源頼朝。その妻、北条政子。二人の間に生まれた嫡男《ちゃくなん》、源頼家。その頼家は、修善寺に幽閉された後、この地で暗殺されたのである。暗殺の首謀者は、実の母、北条政子であったという。

広場を囲むように置かれた大小十三の墓は、頼家に付き従って後を追った無名の武士たちのものであろう。

彼らは、山あいの木々の緑の中でひっそりと歴史の片隅に追いやられたまま佇んでいる。


少し気分を変え、遠出をしてみよう。バスターミナル近くのタクシー乗り場には、数台の客待ちのタクシーが見える。先頭のタクシーに乗る。渓流を下った先の盆地、大仁温泉郷に行ってみよう。

大仁温泉郷には北条氏の居館が立ち並んでいたという。近くにはその菩提寺、願成就寺がある。そこに一体の毘沙門天像がまつられている。生き生きと生命感・躍動感あふれるその像は、見る人を魅了する。

作者はいったい誰であろう。

「運慶」に違いない。いや「運慶」であるはずがない。諸説入り乱れていた。X線透視によって、仏像内に「玉」の存在が証明されると、「運慶」作に異を唱える者はいなくなった。

運慶は文字通り「玉」なる「お守り」を仏像内に安置することで仏像に生命を吹き込んだのである。

先に散っていった人々の無念……残された者たちに託された思い……そのすべてを「玉」の内に込めたに違いない。

何百年経ても「運慶」による仏たちは生き生きと輝きつづけているのだ。

想像の中での小旅行・修善寺への旅もそろそろ終わりが近づいている。

外では、相変わらずコロナウイルス禍が蔓延《まんえん》し、その脅威はなお続いている。テレワーク、オンライン会議、ソーシャルディスタンス等々聞き慣れない言葉が飛びかい、いままでのライフスタイルが否定されてゆく。物言えず、日々じっと耐えている人々がいかに多いことか。

そんな中「本づくり」に情熱を傾けて下さる「文芸社」の方々には正直、頭が下がる。

一冊の本が成り立つために、いかに多くの人々が関わり、応援してくれているのかを思う。感謝に堪えない。

皆、無理をせず健康でいてほしい。

またの再会を願って。

二〇二〇年七月七日　七夕

周　舜

著者プロフィール

周 舜（あまね しゅん）

1951年生まれ。愛知県出身。

〈著書〉

『ムサシの茶室』（2019年8月、文芸社）

運慶

2020年10月15日　初版第1刷発行

著　者　周 舜

発行者　瓜谷 綱延

発行所　株式会社文芸社

〒160-0022　東京都新宿区新宿1－10－1

電話　03-5369-3060（代表）

03-5369-2299（販売）

印刷所　株式会社フクイン

ISBN978-4-286-21989-9